국가
공인
미남

실천시선

245

국가 공인 미남

박상률

실천문학사

차례

제2부

제3부

제4부

제
1
부

죽일 년 살릴 년

이년 가니 저년 오는 세밑 저녁
앉은뱅이책상 앞에 쭈그려 앉아
헌 수첩 전화번호 새 수첩에 옮겨 적는다
해마다 갖는 나만의 송구영신 의식으로
전화번호부 개정판을 내는 것이다

이 사람은 금년에 연락한 일 한 번도 없었지
내년에도 전화할 일 없을 테니 헌 수첩에서 죽이고
이 사람은 자주 연락해서 전화번호 외울 판이지만
내년에도 또 전화할 일 있을지 모르니 새 수첩에 살리고

묵은해니 새해니 따질 것도 없는 살림이지만
구년 가고 신년 오는 그사이
죽일 년 살릴 년 운명을 가르는 나의 연례행사

개 안부

아들놈이랑 서울에서 고향 진도까지 눈보라 뚫고 걸어 가는 길이었다. 가다가 팍팍한 다리도 쉬고 주린 배도 채울 겸 길가 기사 식당에 들어서자 운전기사들 밥 먹다 말고 우리 부자 행색 보고 한마디씩 거들었다.

이 눈 속에 어디까지 가시는 길이유?
진도까지 갑니다.
아, 거시기 진도개 유명한 디 말이유?
예.
지금도 거기 진도개 많슈?
예.

왜 사람들은 진도에 사람도 산다는 생각은 않고 개 안부만 묻는 걸까? 개만도 못한 사람이 넘쳐 나서 사람 안부는 물을 것도 없는 걸까? 그럼 개만도 못한 사람들은 모두 쥐일까? 아님 고양이일까? 이러다가 사람만도 못한 개가 넘쳐 나면 어쩌려고 그러나. 쓸데없는 걱정 하다 말고, 아차,

며칠째 우릴 기다리는 어머니는 점심 식사나 하셨을까, 밥
먹다 말고 고향 집에 전화를 넣는다.

　어무니, 시방 충청도 지나고 있는디, 별일 없어유?
　내사 뭔 일 있겠냐만 노랑이가 속쎄긴다.
　왜 또 넘의 집 개랑 싸우고 다리 한 짝 부러져서 들어왔소?
　아니, 고것이 새끼 낳더니만 입맛이 영 없는갑서. 뭣이든
주는 대로 잘 먹던 입인디 요 며칠 새 된장국도 안 먹고 미
역국도 안 먹고 강아지들 젖도 안 멕일라고 그랴. 아무래도
지가 잡아놓은 노루 뼈라도 고아서 멕여야 쓸란갑다.

　늙은 어머니, 이녁 안부는 뒷전이고 개 안부만 길게 전한다.
　아, 나도 못 먹어 본 노루 뼛국!

13

낱말 찾기

내 어렸을 적, 촌로들의 낱말 찾기

팔만대장경 구석구석 다 뒤져봐도
누울 와(臥)자보다 더 좋은 글자 없고
사서삼경 위아래로 다 훑어봐도
먹을 식(食)자보다 더 좋은 글자 없느니라!

그땐 무슨 낱말 찾기가 저런 디야, 했는데
나도 그 속 알 만한 나이, 이젠

젖통 대회

　팔순 아버지 세상 떠나 재 너머 황토밭에 아버지 집 하나 봉긋하게 지어드리고 장례 때 마음 써 준 친구 집에 들렀다. 삼십 리 안짝 사는, 어린 시절 친구들 몇 더 모여들어 농촌살이 팍팍함 늘어놓는데, 이제 오십 줄에 들어선 친구들 한결같이 술은 사양이다. 벌써 몸이 술을 거부하고 그 대신 달달이 커피가 당긴단다. 커피를 홀짝이는 친구들, 내 아버지 유택보다 친구의 새 양옥집이 더 궁금하다. 이사했단 말은 들었는디, 이렇게 좋은 집인 줄은 몰랐소. 친구 부인, 가슴께까지 올라가 있던 커피잔 내려놓고 자기네가 이 집에 살게 된 연유 털어놓는다. 다 이 가슴 덕이지라우. 무슨 소리라요, 제수씨? 소문 못 들었다요? 금시초문인디. 아따 지난 정월 대보름에 농협 젖통 대회 있었잖이유, 그때 나가서 부상으로 이 집 탔단께요. 그럼 젖통으로 집 장만했다는 사람이 제수씨였소? 진짜 몰랐소? 젖통 크다고 집을 준다는 것이 쪼깐 거시기하단 생각은 했제만 제수씨가 탄 줄은…… 이 집 본디 주인 뜬금없이 살던 집 허물고 농협에서 빚 얻어 양옥집 좋게 지었지만 촌살림에 이자 감당이 어

려워 견디다 못해 야반도주했단다. 농협서도 이 집이 팔리
지도 않고 사글세로도 살겠다는 사람이 없어 관리하기에
골치깨나 아팠는데 마침 조합원 대회 때 상품으로 내놓자
는 의견이 있어 젖통 대회 부상이 되었단다. 나도 아그들
생각하믄 쪼깐 민망합디다만 집 욕심에 두 눈 딱 감고 나
가부렀소. 처녀 적부터 고것 하나는 수박통맨치로 컸은게!
허, 그랬구만. 듣고 있던 한 친구 녀석 눈 반짝이며 친구 부
인 가슴 슬쩍 훑고 나더니 입맛 다신다. 그런 줄 알았으믄
고등학교 댕기는 우리 셋째 딸년도 내보낼 걸. 우리 집 여
자들 가운데선 고년 것이 가장 크거든. 제수씨하고도 막상
막하였을 틴디. 작년 읍내 마트 행사 때 젖통 대회 나가서
도 세탁기 탔잖소. 아직 크는 녀석이라 그새 더 커졌을 것
인디……. 글씨, 이참엔 부인들만 출전 자격을 주었던 디
라, 그라고 갸만한 것은 인자 쌔고 쌨습디다. 작년까정만
해도 여자들이 여럽다고 그런 대회에 안 나와서들 갸가 세
탁기라도 탔겄제. 올 같었으믄 어려웠을 것이요. 그래요?
내 참, 갓난이 같으믄 세 자녀 혜택이라도 받을 것인디, 공

부 취미도 없는 우리 딸년 인자 뭐 갖고 상 타제?

날마다!

『채털리 부인의 연인』을 쓴 D.H.로렌스가 자기 작품의 외설 시비를 무척 의식했대. 출판사에서 "귀하를 위해서라도 이 책을 출간하지 마십시오"라고 했거든. 그래서 고국을 떠나 이탈리아 피렌체로 가서 자비 출간을 했다는구만. 영어를 모르는 한 인쇄공이 의아해하며 책 내용을 물었대. 누군가가 그 책에 대해 조심스레 말하자 그 인쇄공 말하길, "난 또 뭐라구, 그건 우리가 날마다 하는 거 아녀? 근디 뭘 영국서 여기까지 와서 인쇄한 디야?" 채털리가 재떨이가 되는 순간! 담배꽁초가 재떨이로 들어가는 건 당연한 일이렷다.

날마다?

이 씨 정부 하는 짓이 하도 꼴같잖아 수행하는 틈틈이 저 잣거리에 몸을 나투어 꾸짖던 성직자들. 그 성직자들의 뒤를 캔다는 소문이 돌았다. 특히 여자관계를 캔단다. 아마 이건 자기들이 해봐서 잘 아니까 그랬겠지. 이 소식을 들은 어떤 스님 왈, 지들은 날마다 여자랑 그거 하며 살면서 어쩌다 한 번 할 수도 있는 거 가지고 뭘 그리 소란이야? 잠자코 이 말씀 듣고 있던 젊은 시인 왈, 그 사람들도 그걸 날마다는 안 할 거예요. 이 말에 그 자리 모든 대중들이 하하하!

서울을 버린 사랑

동대문시장에서
일당벌이 지게꾼으로 떠돌았다느니
서울역 앞 골목에서
밑 터진 치마 입고 쏘다녔다느니
우리 이젠 그런 얘긴 그만하자
널찍한 등짝으로 져 나른 나의 삶이나
통통한 아랫도리로 쓸어 온 너의 삶이나
어차피 눈물인 것은 마찬가지
새벽이면 뜨고
저녁이면 지는 해도
우리 몫은 별로 안 된다는 얘기도
이젠 그만하자
난 나 자신을 보듬지 못했고
넌 너 자신을 흘려보내 버렸지만
눈물로 새롭게 만난 우리
난 너의 것이고 넌 나의 것이니
우리 이제 서로 힘을 보태

우리, 사랑 노래나 힘껏 부르자
서로 자신도 못 챙겼으면서
어떻게
서로를 챙기겠다는 건지 하는
그런 얘길랑 이젠 하지 말고
힘껏
사랑 노래를 부르자
혼자의 눈물은 슬픔이지만
두 사람의 눈물은 벌써 사랑이니
이제 힘껏
함께 입을 맞추자

말이야 바로 말이제
사랑을 서울에서만 하란 법 있겠느냐

박영근을 만나다

지난 구십 년대 초, 첫 시집 겨우 상재했을까 말까 한 무렵
일 있어 마포의 어느 출판사 들렀더니
벽 아래 안락의자에서 자고 있던 중늙은이 하나
벌떡 일어나 다가온다
나 박영근인데, 너도 개떠더구만, 앞으로 우리 말 놓자
(앞으로라고? 이미 말 놓고 있으면서……)
「취업 공고판 앞에서」 쓴 박영근 시인이우?
맞어
(근디, 같은 오팔 년 개떤디 왜 이렇게 늙었다?)
십몇 년 더 지나 양 아무개 시인 시집 나왔다고
마포에서 몇 사람 만났다
저녁 먹고 골목길 걸어 나오는데
열댓 살 차이지는 양 아무개 시인 허리춤 껴안은 박영근
인자 건강도 챙기시고 어쩌고저쩌고 하더니
(허참, 선배 걱정할 처지가 아닌 것 같은디……)
바야흐로 노래가 터진다
취기 잔뜩 오른 박영근부터 귀가시켜야 할 것 같아

택시 기사한테 택시비 주며 인천 집까지 단단히 부탁했
는데
얼마 지나지 않아 부르르 떠는 손전화
운전기사 겁박해 돌려받은 택시비로 신촌에서 술 마신
다는
박영근의 무용담 전한다
술 취하면 밤이고 낮이고 전화하여 앞뒤 없이 미안타더니
그날은 하나도 안 미안해했다
그나마 저 세상 간 뒤론 전화 한 통, 없다

안부

―시인 박영근의 전화

상륜이? 나, 영근이야.
어제 서울 나갔는데
전화도 못 하고 들어와서 미안해.

시집 오늘 부쳤어.

지금 바쁘지?
바쁜데 전화해서 미안해.

해 길어지는 봄날 오후,
그는 울었다.

시인 김남주 소식 전교

시작이고 싶다네 끝이 아니라 시작이고 싶다네
해지고 달 뜰 참도 안 걸리는
그 거리에서 흘러와 누운 이곳 망월 등성이

한 세상 건너와 몸은 누워 있어도 누워 있음에 더욱 시작
이고 싶다네 그리하여 망월 달빛에 세월은 젖어도 가슴은
끝내 젖지 않고 마른 가슴 한가운데에 들풀을 키운다네
    시작이고 싶은 사연으로 세월보다 더 오래 자랄, 세월보
다 더 깊이 뿌리 박을 들풀을 키운다네

뜨거운 안녕

또다시 말해 주오 사랑하고 있다고…….

분위기 좋고 박자 잘 맞추고 목소리 알맞고! 배 나온 게 쪼깐 거시기하고 절구통 같은 엉덩이 돌아가는 게 아쩔하긴 하지만 노래 하나는 누가 들어도 가수 뺨친다. 삼십 년 만에 만난 고등학교 1학년 때 친구들 저녁 먹고 맥주 마신 뒤 찾아든 노래방에서 저마다 애창곡 뽑아 제끼는데 서로 만나지 못한 서른 해의 곡절, 부르는 노래 속에 죄다 들어 있다. 이 나이 되었어도 사랑 타령이냐? 누군가가 짐짓 시비를 건다. 노래 부르던 녀석 반주 나가는 그대로 두고 대꾸한다. 아니, 그럼 자네는 사랑 말고 믿을 게 뭐 있나? 걸핏하면 나가라는 윗대가리를 믿겠어? 비위짱 지랄 같은 고객을 믿겠어? 씨알머리없는 국회의원을 믿겠어? 아나 좆이다. 믿을 건 아직 쓸 만한 거시기밖에 없단께! 난 사랑밖에 몰라. 허! 자네는 사랑을 꼭 거시기로 한단 말인가? 이 사람이 뭔 소리여 시방, 사랑은 말이여 뭐니 뭐니 해도 뜨거운 게 최고란께! 그러는 사이 노래는 1절을 돌고 2절이다.

기어이 가신다면 헤어집시다…….

뭔 놈의 사랑이 고로코롬 끈적끈적하다냐. 보낼 땐 화끈한 게 제일이여! 사업하다 빚지고 두어 해 전 아내와 헤어졌다는 녀석이 불쑥 던진 한마디에 노래 부르는 친구 말곤 모두 침묵이다. 다들 끈적끈적한 사랑을 해본 것일까? 명퇴니 조퇴니 전직이니, 저마다 자신의 처지를 돌아본다. 그런 처지에 사랑은 무슨……. 그러면서도 마지막 대목에 이르자 다들 일어나 목청껏 따라 부른다.

남자답게 말하리라 안녕이라고! 뜨겁게 뜨겁게, 안녕, 이라고!

어떤 열반

비 오는 날
지렁이 두 마리
마당으로 쓸려 나와 비를 흠씬 맞는다

아빠, 나 사랑해?
그럼.
얼마나?
하늘만큼 땅만큼.
정말? 우리 아빠, 뽀뽀.
(쪽쪽)
애야, 아빠 사랑하니?
응.
얼마나?
하늘만큼 땅만큼.
정말? 우리 아기, 뽀뽀.
(쪽쪽)

비 그치고 갑자기 해 나오자
마당 복판에서 쩔쩔매는
지렁이 두 마리
따가운 햇볕 아래
몸 말라 간다

영문도 모른 채 끝나버린
삶,
삶.

형용사 혐오증

헤밍웨이는 이른바 하드보일드체 문장을 구사하며 형용사 따위의 수식어를 아주 싫어했지요. 자신의 복잡한 감정을 화자나 등장인물을 통해 드러내고 싶지 않아서 형용사를 좋아하지 않았겠지요. 헤밍웨이는 파리 시절 문학 사부였던 거트루드 스타인이 "장미는 장미이고 장미이다"라고 한 말에서 형용사 대신 점층적 반복 이미지를 익혀 자신의 소설에서 잘 써먹은 듯합니다.

그렇다면, '유신녀는 유신녀이고 유신녀이다'이지요.

유신녀는 라이방 박의 상속인이자 히로뽕 박의 누나. 라이방 박은 군사반란에 이어 독재를 한 사람. 라이방 박의 아들 히로뽕 박은 걸핏하면 제정신이 아닌 상태로 유곽에서 발견되는 사람.

라이방 박 일가는 헤밍웨이와는 달리 형용사를 매우 좋아하는 듯. 형용은 맨얼굴이 아니라 분을 덕지덕지 바른 얼굴인데 그 일가 모두 수식, 분식, 꾸밈, 과장으로 점철. 그들의 하드보일드체 얼굴, 아니 맨얼굴은 무엇?

새벽

—새벽이다
칼날 같은 정월의 추위가
살을 에는.
너, 돌아보지 말거라
얼굴 보지 않아도 된다
뻔뻔스러운 것은 이제 질색이야
—새벽이다
버려야 할 것 버리지 않고
담겨야 할 것 담겨 있지 않은
쓰레기통
어둠과 같이 실려 가는.
그렇다고 탈출은 아니야
—새벽이다
아직 잠들어 있는 것이 더 많은
우리의 도시.
아무래도 추위보다
졸음이 더 무섭다

새벽잠이 달더라도. 이젠
일어날 시간이야

오월은 오늘도

—무등(無等) 그리고 광주(光州)

제게 맞는 이름 하나로 제게 맞는 빛깔 하나로 불리지도 못하고 나타나지도 못하고,

오월은 아직도 않는다.

모든 것이 저마다의 이름 하나로 저마다의 빛깔 하나로 불리고 나타나는데, 오월은 오늘도 이름 없이 빛깔 없이 은유법이다.

더러 폭동이라고 직유법으로 조롱하는 이들도 있다.

더할 나위 없는 무등(無等)이어서 이미 빛고을(光州)이어서 이름이 없어도 빛깔이 없어도 그대로 이름이 되는지 그대로 빛깔이 되는지 말도 없이 오월은 오늘도 우리에게 봄보다 짙은 울림만 안긴다.

제2부

오래된 말

—1980년 봄날, 광주

거시기가 거시기헌께 쪼깐 거시기헌디
거시기혀도 거시기 땜시 거시기헌담서
근디 거시기는 귀신도 모른다 헌께
거시기허더라도 거시기맨치로 거시기혀부러라잉

국가 공인 미남

그 옛날 걸핏하면 글쟁이 얼굴이 지명수배 전단에 오르
던 때였지
세월 지나 그때 일 돌아봐도 될 무렵 되어
송기숙 소설가와 이문구 소설가가 가끔 설전을 벌이며
후배 글쟁이들의 판단을 기다리곤 했지

송 왈   미남부터 먼저 한 잔 혀야제.

이 왈   형님 먼저 한 잔 허는 거야 말릴 일 아니제만,
         꺽정패 같은 화상이 미남이라니, 자다가 봉창
         두드리데끼 그것이 시방 믄 말씀이우?

송 왈   허허, 자네 벌써 까묵어부렀는가? 나는 국가에서
         인정한 미남이잖이여! 촌 차부 벽에 까정 그렇게
         써 붙여 나를 광고했잖이여?
         '이 자는 호남형으로' 어쩌구저쩌구 말이시.
         아따, 껄쩍지근허게 내 입으로 이런 말까정 꼭
         해야 쓰겄는가?

이 왈   나도 그렇게 써졌던 것 같은디…….

송 왈   아녀, 문구 자네는 '얼핏 보면 미남이나…….' 고
렇게 사진 밑에다 꼬랑지 붙여 놨잖이여! 그 말이
뭔 소리여? 첫눈엔 미남 같제만 자세히 뜯어

　　　　보믄 미남이 아니란 말 아녀?

이 왈   착 보믄 척! 첫인상이 중요하제, 꼭 찬찬히 뜯어
　　　　봐야 아남. 그러고 그때 사진을 못 나온 걸루
　　　　썼드만.

송 왈   사진 탓 허긴! 원판 불변의 법칙 모르는가?
　　　　하여튼 나는 나라에서 인정한 미남이란 말이여!

이 왈   형님은 원판보다 나은 사진 썼드만, 형님은 순
　　　　사진발이었다니께유.

송 왈   으찌되았든 나는 나라에서 인정한 미남이란
　　　　말이시. 자 한 잔썩들 혀. 미남이 권한께 술맛도
　　　　더 돋을 것이여!

후배 글쟁이들 술잔 들고선 저마다 키득키득

국립 호텔

서울역에 노숙하는 이들을 무조건 밖으로 내몰겠단다
그러면 일부러 물건이라도 훔쳐
먹을거리 입을거리 잠자리 걱정 없는 교도소로 가야 하나?

그 옛날 엄혹한 시절
소설가 이문구와 시인 고은이 점을 보러 갔단다
물끄러미 고은 시인을 바라보던 점쟁이 왈
햐, 이 사람 팔자 한번 늘어졌구랴!
당신은 조금 있으면 먹고 자는 것 걱정 안 해도 되겠수!
과연
얼마 안 있어 시인 고은은
호텔 가운데서도 최상급인 국립 호텔로 들어갔단다
먹여주고 재워주고 입혀주고
교도원이 보초까지 서 주는……

서울역 노숙인들의 호텔은 어디?

개, 개, 개

어린 시절, 교원인 아버지 따라 시골 학교 관사 살 적에
애국 조회하느라 운동장 확성기에서 애국가 울려 퍼지면
'어어어어~ 어어어어~' 개 목소리로
'동해물과~ 백두산이~' 따라 부르는 개 학생 있었지
아버지 섬 학교로 발령 나서 이웃에 개 맡기고 떠나면
물살 가르고 바다 건너 찾아온 개 동무 있었지
미처 공판 못 본 나락 가마니 쏠아대는 쥐새끼들
밤새 잔뜩 잡아 댓돌 아래 차례로 뉘어 놓고
주인 일어나 점호하기 기다린 개 일꾼 있었지
처자식도 없이 혼자 사는 주인 사내 암 걸려 죽자
장례 기간 내내 주인 곁 떠나지 않으며
주인 물건 아무도 손 못 대게 으르렁거리던
상복 입은 개 상주 있었지
그때 개들은 사람보다 나았지

견문발검

　건들어서 키워주기 바라던, 존재감 없는 무명의 왜나라 의원들이 대한민국에 진짜로 들어갈 수 없는지 알아보기라도 하겠다며, 비행기에 올랐것다(쥐랄!). 쫓겨나는 게 우리의 목표이자 목적이다! (목적 하나 더는 대한민국산 품질 좋은 김 사 가지고 돌아가는 것도!) 그런 자들 두고 견문발검이라, 모기 보고 칼 뽑은 두 이 씨. 하나는 안 해도 될 말 지껄이고, 하나는 머리띠 두르고 울릉도 가서 '어디 감히 우리 땅을!' 하며 엉뚱하게 단호히 대처(쥐랄!). 닭 잡는 데 소 잡는 칼 들고 설치는 꼬락서니랄까. 왜나라 의원들 속으로 웃고 있을 거야. (우리 많이 컸어!) 왜나라 왕 생일 감축한 또 다른 이 씨 의원(늘 안 해도 될 말 하는 이 씨의 형이래. 난형난제……)과, 자위대 탄생 축하한 자위녀 나 씨 의원은 속으로 어떤 생각할까? (나도 많이 컸다?)

안부

—시인 강형철의 휴대전화 문자

어느 모임에 못 갈 상황이어서 연락했더니
시인 강형철 형한테서 이런 문자 왔다

　씨발잘살고있냐
　ㅎㅎㅎ
　사랑하는내친구
　나도존나보고싶으다

내 답 문자는 그냥

　ㅋㅋㅋ

나, 어떡해?

이 씨 정부 초기 촛불 집회가 한창인 어느 날, 광화문 거리에 있었것다. 그때 마침 무거운 방송용 카메라를 어깨에 들쳐 멘 사내 둘이 다가와 다짜고짜 마이크를 들이미는 것이 아닌가. 보매, 두어 달 전 책 읽기 방송 일로 만난 적이 있는 '구면'들이었다. 본시 카메라를 보면 살짝 '울렁증'이 있는 인종이라 '이크' 잘못 걸렸구나 싶어 수풀 속 꿩처럼 머리만이라도 들이박아 숨고 싶었다. 하지만 인산인해 지경이라 달아나지 못하고 카메라 낚시에 딱 걸리고 말았으니, 일수가 몹시 사나웠던 것이라 자위하고 말았다.

용건인즉슨, 촛불 집회에 대한 소회를 허심탄회하게 털어놓으라는 것이었다. 심약한 이 중생 허심탄회라는 그 말 그대로 믿고, 제법 용기를 내어, 거리낌 없이 마구 지껄여 버렸것다. 한 달도 두 달도 더 지난 나중에 어디서 우연히 그 영상 본 제자 왈, (앞뒤 다른 말은 다 거두절미 싹 잘라버리고) 이 씨 정부가 선생님 같은 골방 글쟁이까지 바쁘게 한다면서요? 그러면서 재미있어했것다. 아직 어린 대학생 세대에겐 그 말이 재미있는 말인지는 모르겠지만, 바쁜 일은 아직도 안 끝난 성싶으니, 나는 어찌해야 하나? 5월 광주엔 추모곡 대신 방아타령 울리라 하고, 4대강은 속살 다 헤집어놓고, 용산역은 용산참사역으로 만들어버리고, 하늘까지 편안해야 할 천안(天安)함은 제 몸 하나도 편안히 못 지킨 채 동강 나도록 모르고 있었으니, 언제까지 이런 세상에 살아야 하나? 나, 이젠 안 바빠지고 싶은데……. 나, 어떡해?

북소리

'내 배를 갈라서, 내 소배를 갈라서,
두 뱃가죽으로 북을 만들어……*'
고기는 먹어 본 놈이 잘 먹는다는데
조선 일소보다 연하다고 우겨대는 미국 쇠고기
누가 먹을까?
그 고기 맛에 그렇게 쉽게 길들여졌을까?
어이할꺼나 어이할꺼나
북소리나, 북소리나 들려줄꺼나
연하지도 않은 미국 쇠고기 그만두고
영(Young)한 미국 큰애기나 몇 차 실어 와
농촌 총각 장가나 들여 주지
제나라 농부들 한숨 소리보다
미국 관리 혓바닥이 더 무서운 이론 밝은
잘 나빠진 사람들.

분노는 북소리 되어
눈발처럼 흩날리는데

육(肉) 공화국 되어버릴랑가?

욕 공화국 되어버릴랑가?

* 『말』 제20호(1988년 2월 발행) 39쪽에서.

우리 동네 이 씨

―소설가 이문구 선생의 말 지게

그가 지고 다니던 지게를 본 적이 있는가? 쌀가마도 아
니고 장작더미도 아니고 더더욱 돈 자루도 아닌, 말이 담긴
포대 자루가 얹혀 있던 그의 지게. 그가 지게를 잠깐씩 부
려 놓을 때마다 나는 보았네. 포대 자루 속에서 마구 쏟아
져 나와 내를 이루고 산을 이루던 말들을. 그는 어쩌자고
말 지게를 그렇게 지고 다녔을까? 쌀도 안 되고, 장작도 안
되고, 돈도 안 되던 말들. 구들장 지고 사는 앉은뱅이 신세
이면서도 며느리 발뒤꿈치 달걀 같다며 흉보는 할망구에,
곰방대 톡톡 치며 가래 그르렁대면서 늘상 혀를 끌끌 차던
할애비에, 대처 바람 불어서 문전옥답 털어 쥐고 집 나가더
니 이태도 못 되어 동가식서가숙하는 허랑한 아들 녀석에,
가까스로 시집보내 놓았더니 세 이레도 못 채우고 사람 꼴
더 망쳐서 돌아온 반편이 딸내미 얘기까지, 그가 지게를 부
려 놓을 때마다 말 자루에서 쏟아져 나온 것들이라네. 때
로 등짝에 열꽃 피고 장딴지에 알배기며 몸뚱이 천근만근
일 땐 이깟 말 지게가 다 뭐냐 하며 냅다 팽개쳐 버리고 싶
기도 했으리. 그러나 어쩌랴. 그가 아니면 아무도 챙기지

않을 말 짐이라 그러지도 못했으리. 그저 인정 많고 오지랖 넓어 그놈의 말 지게 내동댕이치지 못하고 평생토록 팔자려니 하며 말 지게꾼으로 살다 가고 말았으리. 그러고 보니 그도 우리 동네 아저씨였네. 말 자루 짐을 져 나르던 말 지게꾼 이 씨. 허허, 똥 지게보다도 살림에 보탬이 안 되던 말 지게라니!

비밀번호

무슨 회의 끝나고 밥 먹으러 갈 참이었다
선배 작가 한 분 자꾸 미적거리며
사무실 직원 컴퓨터 쓰고 있다
선배의 선배 기다리다 한 말씀
급한 거 아니면 집에 가서 쓰지?
선배 표정 우그러들며 모깃소리 만하게 대답
집 컴퓨터는 비밀번호가 걸어져 있어서 못 써요
선배의 선배 왈
그럼 풀고 쓰면 되지
선배 왈
나는 풀 줄 몰라요
선배의 선배 왈
풀 줄도 모르면서 왜 걸었어?
선배 왈
내가 건 게 아니라 애들이 걸어놨어요
선배의 선배
왜?

선배 왈

아빠가 이상한 것만 봐서 걱정된다고……

컴퓨터 맘대로 쓰게 했다간 아빠 버린다고, 애들이……

(흠칫하는 선배의 선배, 아이들 말투로)

뭥미?

(모두)

그 집 애들 크게 되겠네!

역시 아이는 어른의 아버지!

별호

소주가 '쏘주'로 톡 쏘지 않는 술자리
어느 작가 말하길, 내 별호를 '이새'에서 '씹새'로 바꿨어!
옆 사람들 뭔 소리인가 싶어, 왜?
책 내면 2쇄가 어디야라고 해서 '이새'라 했는데,
이젠 10쇄를 염원해야 될 것 같아.
그러자면 '씹새'라 해야지……
모두들(옆자리 사람들까지), 하하하!

18년 동안 독재한 자칭 불행한 군인의 18년,
18년의 발음이 묘하게 거시기하네, '씹팔년!'
그 '씹팔년'을 우려먹고 사는 어떤 상속인 있고……
그 '씹팔년'이 좋다는 지지자도 있는 나라,
우리나라, 좋은 나라?

변태(變態)

애초에
오렌지가 어린 쥐로 바뀌는 걸 보여주더니
나중엔
도둑 정권과 도덕 정권의 차이도 없애버렸나니!

얼핏 보면
영장류 닮은 동물인데
실은
설치류를 대표하는 동물이라네
그래서

지랄도 쥐랄이 되았디야

백두산

흰 자작나무 숲 기다란 길, 그 길 따라 내리는 찬비 서늘한 바람, 그래, 오늘도 너의 등짝은 차구나. 그런 너를 보니 뭐라 쉽게 말하지는 못하겠다. 하지만 오천 년 자란 너의 속살엔 이제 곧 깊은 곳으로부터 불덩이 같은 땀이 솟으리라. 너의 발끝에 맴돌고 있는 대륙의 찬 바람과 반도의 앞뜰 태평양에 시퍼렇게 출렁이는 파도까지 뜨겁게 데워버릴 너의, 그 뜨거운 속마음, 이제 그 속마음이 땀이 되어 대륙의 무릎까지 덮고 있는 산 그림자 위로 오천 년보다 더 길게 드리운 그 산 그림자 위로 아니, 차디찬 너의 등짝 위로 서서히 솟아오르리라. 오천 년 숨죽인 저 무성한 숲 사이로 오천 년 이어진 저 끝없는 길을 따라 땀이, 땀이 솟으리라.

불덩이 같은,

불덩이 같은.

겨울 한라

산마루 기침 소리, 백록의 주름진 울음소리, 그 위로 눈이 내렸다. 저녁부터 아침까지, 전설보다 더 오래오래 눈이 내렸다. 제주 앞바다 강정 뒷바다 서귀포 먼바다, 막무가내로 눈이 내렸다. 발동선 통, 통, 통. 연발총 탕탕탕. 밤으로 낮으로 떠나간 이들. 한라의 발끝에 묻힌 절규. 그 위에 얹혀 있는, 여전히 세월보다 더 두터운 저 겨울!

지리산 비

　우리들 갇혀 있던 괄호를 열고 장대비에 흠뻑 젖어 너를 보던 날, 넌 어머니 치맛자락 같은 능선을 거느리고 깊은 피울음 천둥을 보듬은 채 서 있었다. 하늘 향해 당당하게 내밀고 있는 너의 이마엔 부대낀 세월만큼 주름살 자국도 깊었다. 시절이 요동칠 때마다 더 깊어졌을 주름살, 이제 그 주름살 사이사이엔 핏빛 철쭉으로 피어난 외침이 깔렸고 그 외침은 마침내 둘로 셋으로 조국의 바람마저 찢어가졌던 우리 가슴 마다마다 장대비 되어 꽂혀 온다. 봄이면 철쭉으로 피었다 지고 또다시 피었다 지면서도 겉으로 쏟아내지 못했던 외침들. 마침내 높푸른 하늘마저 둘로 셋으로 갈라놓던 괄호를 무너뜨리고 이제, 분노의 세월마저 뜨겁게 녹여내는 외침들. 장대비로 쏟아지는 외침들, 외침들. 그리하여 이렇게 두 주먹 마주 잡고 두 가슴 마주 비벼대며 다시 뜨겁게 외쳐보는 사랑이여, 사람이여, 피울음보다 더 짙은 절규여.

제3부

내리사랑

늙은 어머니
날 볼 적마다

닳아질까 봐
오래 쳐다보기도 아까운,
금쪽같은 내 아들!

어머니한테 나는 그런 아들인데
허구한 날 허튼짓만 하는,
나?

택배 상자 속의 어머니

　서울 과낙구 실님이동……. 소리 나는 대로 꼬불꼬불 적힌 아들네 주소. 칠순 어머니 글씨다. 용케도 택배 상자는 꼬불꼬불 옆길로 새지 않고 남도 그 먼 데서 하루 만에 서울 아들집을 찾아왔다. 아이고 어무니! 그물처럼 단단히 노끈을 엮어 놓은 상자를 보자 내 입에서 나도 모르게 터져나온 곡소리. 나는 상자 위에 엎드렸다. 어무니 으쩌자고 이렇게 단단히 묶어놨소. 차마 칼로 싹둑 자를 수 없어 노끈 매듭 하나하나를 손톱으로 까다시피 해서 풀었다. 칠십 평생을 단 하루도 허투루 살지 않고 단단히 묶으며 살아낸 어머니. 마치 스스로 당신의 관을 미리 이토록 단단히 묶어 놓은 것만 같다. 나는 어머니 가지 마시라고 매듭을 하나도 남기지 않고 다 풀어버렸다. 상자 뚜껑을 열자 양파 한 자루, 감자 몇 알, 마늘 몇 쪽, 제사 떡 몇 덩이, 풋콩 몇 주먹이 들어 있다. 아니, 어머니의 목숨이 들어 있다. 아, 그리고 두 홉짜리 소주병에 담긴 참기름 한 병! 입맛 없을 땐 고추장에 밥 비벼 참기름 몇 방울 쳐서라도 끼니 거르지 말라는 어머니의 마음.

아들은 어머니 무덤에 엎드려 끝내 울고 말았다.

늙은 엄마의 편지

—날마다 똑딱선을 띄우며

그리운 영희, 내정이, 내준아
너희들과 헤어진 지 쉰 해가 넘게 흘렀구나
그동안 몸 건강히 잘 지내고 있었느냐?
엄마는 건강하게 지내고 있단다…….

여든도 넘어 아흔 가까운 변 씨 할머니
쉰 해도 더 오래전
북에 두고 온 자식들 생각에 목이 멘다

반세기가 훌쩍 넘게 흘렀다
반백 년이 훌쩍 넘게 흘렀다
열두 살, 여덟 살, 여섯 살 먹은 아이들
이젠 여섯 살짜리도 귀밑머리 하얗겠다
그동안 엄마가 얼마나 보고 싶었을까?
그동안 엄마가 얼마나 원망스러웠을까?

엄마! 엄마! 엄마!

같이 가면 안 돼?
묻고 또 되물으며
발바닥 다 해어진 고무신짝 끌며
아! 엄마와 헤어지던 사십 리길
먼지인 발자국마다 눈물 뿌리며 넘던 고갯길

며칠만 있으면 기차도 다닌다 하니
제 깜냥엔 어린것들 고생 시키지 않으려고
외갓집에 잠깐 아이들 맡겨 둔 채
심장 소리 통통
뱃소리 통통
똑딱선 통통배 타고 남으로 내려왔다

큰딸 영희야, 큰아들 내정아, 작은아들 내준아
보고 싶구나
쓰다듬어보고 싶구나
끌어안아보고 싶구나

며칠만 있으면 다시 떠난 자리로 돌아갈 줄 알았는데
한 번 남으로 내려 온 똑딱선
다시는 북으로 돌아가지 못했다
여태껏 남쪽 땅 어디에도 닻을 내리지 못한 채
그렇게 세월만 흘렀다
그 세월 속에 눈물만 고였다
서해 바닷물만큼 고였다

애들아! 내 새끼들아!
아직도 내겐 헤어질 때 모습 그대로
어리고 어린, 아이들아!
엄마가, 엄마가
옆에 있어 주지 못해 미안하구나
너희들 자란 모습 보아주지 못해 미안하구나

엄마는 오늘도 똑딱선을

서해 바다에 띄운다
눈물로 가득한 서해 바다에
심장 소리 통통
뱃소리 통통
똑딱선 통통배를 띄운다
엄마가 못 가면 너희들이
그 배를 타고 와다오
기다리마
죽지 않고 기다리마

당당 멀었다

아버지 사십구재 때 진도 고향 집에서
씻김굿 했다
처음 본 무당 할머니 서너 시간 노래하고 춤추다가
사설 늘어놓더니
내 앞에 섰다
바짝 긴장한 나, 어찌할 바 모르는데
노무당, 아버지 생전 목소리 그대로

아들, 아들, 내 아들, 조선 팔도에서 가장 귀한 내 아들
머릿속에 연구한 것 많은께 다 쓸라믄
아적 당당 멀었다
걱정 말고 그냥 계속 쓰거라

어렸을 적 눈 감고 앞 아이 허리춤 잡은 채
어디까지 왔냐?
물으면
당당 멀었다!

대답했지

아버지 넋까지 걱정하게 한 내 글쓰기
그럼에도 나는
오늘도 붓방아질만 한 식경,
두 식경,
세 식경,
제대로 쓰려면 아직
당당 멀었다

제사 뒷날

아버지 기일을 맞아 진도 고향 집에서 자고 있는 새벽
쩌렁쩌렁 울리는 마을 확성기가 새벽잠을 깨운다

　　다들 안녕히 주무셨습니까, 이장이 아침 문안드
립니다
　　요즘 좀도둑이 성헌께 낮에 들에 가실 적엔,
　　사립 문단속 잘 허시기 바랍니다
　　사촌 줄 것은 읎서도 도둑맞을 것은 있다 안
헙니까
　　또 수상한 사람이나 짐차가 산이나 들에
　　어정거리믄 바로 신고 바랍니다
　　며칠 전에 박 씨 선산에 있는 동자석을 다 뽑아가
불고
　　밭둑 길가에 내 논 양파와 마령서 자루를 다 가
져가 불었습니다
　　에, 그리고 여름철을 맞아 위생 관리를 철저히
허시기 바랍니다

먹다 둔 음식은 파리나 쥐가 못 끌게 단속 이정
스럽게 허시고

먹을 땐 상했는가 냄시 잘 맡아보고

집 안팎에 모기 벌가지 못 살게 물구덩 있으믄
메워버리시기 바랍니다

저녁엔 모깃불 대신 일반 약국에서 파는 모기약
풍겨서 모기헌티 안 뜯기게 허시고

쥐 잡는 데는 개만 믿지 말고 농약사에서 파는
쥐약 사다가 놓으시기 바랍니다

늘 말씸 드리지만

모기 파리약은 일반 약국에 있지만 쥐약은 농약
사에 있은께 참고허셔서

두 번 걸음 하지 않도록 허시기 바랍니다

이상, 이장이 알려 드렸습니다요

아 참, 박 씨 집에서 엊저녁에 제사 모셨은께 아
침 식사는 거그서 허시기 바랍니다

이장의 아침 방송 끝나자
계란차가 일찌감치 마을에 들어와 진도아리랑 가락을
쩌렁쩌렁 울린다

　　가는 님 허리를 아드득 잡고
　　하룻밤만 자고 가라고 사정을 허네
　　아리 아리랑 서리 서리랑 아라리가 났네~

아버지와 아들

신라 적 스님 원효가 도끼 자루 어쩌고저쩌고하여

('전설 따라 삼천 리' 같긴 하지만)

요석 공주랑 합체하여 낳은 이가 설총인 줄은 많은 사람이 알고 있으렷다.

나중에 아버지를 만난 아들이 다짜고짜 물었단다.

(아버지, 그때 왜 그러셨는교, 가 아니라)

설총 : (심각하게) 어떻게 살아야 잘 사는 것입니껴?

원효 : (심드렁하게) 착한 일을 하지 말고 살면 된다카이!

설총 : (어이없어) 뭐라카노? 착한 일을 하지 말고 살라꼬요?

　　　그럼 일부러 나쁜 일을 골라하면서 살아야 하는교?

원효 : (눈을 지그시 감은 뒤) 쯧쯧, 착한 일도 하지 말라 했

　　　꾸만, 하물며 나쁜 일을 해서야 될꼬?

설총은 방망이로 뒤통수를 한 대 맞은 기분, 이 들었대나 어쨌대나……

아버지와 아들

지난가을엔 수매해가지 않아 길거리에 쌓아놓은 쌀가마 때문에 속이 터져, 쌀농사 망할 농사 내 생전에 농사지어서 이런 일은 처음이다, 고래고래 소리 지르시는 아버지를 달래면서 생가슴 쥐어뜯었는데, 오늘은 수입 양파 매운바람에 뒷골 너마지기 양파밭을 갈아엎고 있습니다. 아버지는 고랑마다 따라다니시며 쬑일 놈들 쬑일 놈들 양파가 으깨져 부서질 때마다 신음인지 욕인지 모를 소리를 침을 뱉듯 뱉고 계십니다. 그란께 그 뭣이냐 인자 농사 같은 건 당최 짓들 마라 그 말이제? 아따, 아부지 몰라서 자꾸 물어 싸시오? 우리나라가 선진국 될라믄 되지도 않는 농사짓는다고 주렁주렁 매달려 있으믄 안 되고 뭐라더라 비교윗것인지 비교 아랫것인지 넘들보다 나은 물건 만드는 일을 해야 된다고 텔레비전 켤 때마다 앙알거리지 않읍디요? 고것이야 대가리에 기름 바른 놈들 얘기제 우리 같은 농사꾼이 이제 와서 농사짓는 일보다 더 잘할 일이 뭐 있겄냐? 쬑일 놈들 누가 즈그덜 보고 선진국 하자고 했간디. 고랑고랑 밭고랑에 한숨 뱉어 놓고 아버지는 양파 한 알을 집어 드신 뒤 양파보다 굵은 눈물을 주루룩 흘리셨습니다. 다 쥑여뻐릴 모양이제, 오메 이 아까운 것! 양파는 경운기가 지날 때마다 하얀 속이 동강이 난 뒤 이내 곧 흙 속에 묻혔습니다. 인자 뭘 심어야 안 속을끄나? 아무것도 심지 말라는 심뿐데 아예 묵혀뿌러야제 심기는 뭘 심어요. 논이고 밭이고 묵혀뿌러야 높은 놈들 속이 씨원할 것 아니요! 그래도 으찌게 땅을 묵힌다냐? 이문이 있든 없든 뭘 심긴 심어야제⋯⋯. 아버지의 눈물방울이 꺼칠한 뺨을 타고 내린 뒤 양파 흰 속살 따라 흙 속에 묻혔습니다. 양파 밑들 듯 자라던 나의 결혼 꿈도 양파처럼 으깨져 부서지면서 흙 속에 묻혔습니다.

밭둑 너머 저 아래 한길가엔 면에 갔다 오는 이장이
비틀비틀 자전거에 매달려
동네 쪽으로 가고 있었습니다.

오십 고개

하늘의 뜻을 안다는
지천명(知天命) 고개 넘자니,
몸이 꾀를 부리기 시작한다.

몸이 꾀를 부리는 기척을 알아차린,
고것이 바로
하늘의 뜻?

굿, GOOD

　어느 출판사 사옥 입주식에 김금화 만신의 굿이 있었다. 굿이나 보고 떡이나 얻어먹는다 했는데, 나도 제물을 얻어먹었다. 김금화 만신이 입에 넣어주는 생쇠고기 제물을 거리낌 없이 받아먹은 것이다. 내 생전에 쇠고기를 날로 먹은 건 처음이다. 내 고향 진도의 씻김굿하고도 많이 다른 김금화의 서해안 풍어굿. 그러나 신명 나고 기를 받는 건 같았다. 진도에선 목사도 어머니 돌아가시면 굿하고, 정형외과 의사도 어머니 발목 삐면 굿한다. 굿이 곧 일상이었다. 그런 때가 있었다. 굿하면 모든 것이 Good이었으니

아버지 가방에 들어가시다

'님'에다 점 하나 찍으면 '남'이 되고
'남'도 점 하나 지우면 도로 '님'이 된다는 유행가 있었지
얼레? 그럼, 서울 강북에 하나 강남에 하나 있는 '기자촌'도
점 하나 지우면 '기지촌' 되네, 기자들 괜찮소?
'가족 건강과 암'에 대한 어느 교회 강좌 안내 펼침막
'가족 건강과 임'인 줄 알고, 가족 건강은 임과 함께!
암, 그렇지! 고개 끄덕이는 사이 점 하나 붙어 도로 '암' 되
는 것 보고 좋다 말았네
우스갯소리였겠지만(참말로 그런 일이 있었다고도 하고……),
서울 이촌동인가 어딘가 있었다는 '복지아파트'
글자 늙어 'ㄱ'자 하나 떨어지니 쪼깐 거시기한 데가 아팠대
'천만 시인이 행복한 도시 서울' 선전 문구 보고선
서울엔 시인이 참 많기도 하네 했는데, 자세히 보니
'천만 시민이 행복한 도시 서울'이네, 다들 행복하신가?
행복한 서울 시민들은 요즘 정육점식당에 많이들 몰려
간다는데
설마 정욕점식당으로 잘못 알고 가는 것 아니겠지?

고속도로 신나게 달리는 화물차 옆구리

　　'보석의도시익산'을 '보석의 도 시의 산'으로 읽고선

　　보석에도 도(道)가 있고 시(詩)가 산을 이루는 도시는 참
멋질 거야 했네

　　지형이 토끼나 호랑이 꼬리 닮았다는 포항 영일만 대보
면에 가면

　　'농협대보지소', '수협대보지점' 식 이름 널려있네

　　띄어서 조심스레 잘 읽어야지 잘못 읽으면 읽기가 참 거
시기하네

　　그래서 그랬는지 호랑이꼬리곶면(호미곶면, 虎尾串面)으로
바꿨다지만

　　사람들은 여전히 'ㅇㅇ대보지회'를 좋아하더구만

　　이게 다 그 옛날 소싯적에

　　'아버지가 방에 들어가시다'를 '아버지 가방에 들어가시
다'로 잘못 학습한 까닭!

치명적인

상수리나무 휘감고 올라가는 칡넝쿨, 거침없다
휘감은 자리마다 나무의 살 깊게 패인다
나무의 굵은 허리 지나 가슴에 이르도록
세게 휘감은 사랑의 자국
상처 되어 깊이 박힌
치명적인 사랑에 붙들려
나무는 가만히 선 채
신음만 나직하다
(사랑하되 너무 깊이는 말고)
칡넝쿨은 그런 소리 아랑곳없이
바람에 속절없이 흔들거릴 때마다 휘감을 사랑 또 찾는다
깊이 붙들어 매지 않으면 아니 될 운명, 치명적인

진짜?

　2011 여름 마통* 어느 날, 여당 대표라는 홍 머시기가 진짜 자기 모습을 '커밍아웃'했디야. 진짜? 그려! 어떤 신문의 여기자가 시중에 떠도는 얘기를 확인하자 발끈하여, '너 진짜 맞는 수가 있다' 했디야. 아무래도 전엔 살살 가짜로 때렸나비여. 그러면서 '내 이름을 말했었나?'라고 확인했다는디 정치가는 좋은 일에서든 나쁜 일에서든 자기 이름이 들먹여지기를 바라는가봬. 이어 '너, 나에게 이러기야?'라고 퍼부었다는디. 거참 무슨 억하심정으로, 그랬을까나? 덧붙여 '내가 그런 사람이야?'라고 윽박지르기도 했디야. 이런 말 할 수 있는 사람은 도대체 어떤 사람이지? 마지막으로 '버릇없이 말이야……'라고 쐐기까지 박았다는디, 이쯤 되면 진짜, 누가 버릇없는 건지 모르겠네. 이런 식으로 홍 머시기의 진짜 내면이 드러나자 야당의 어떤 의원 깜짝 놀라 양아치가 퍼붓는 말인 줄 알았담시롱, 본의 아니게 양아치들을 욕보이는 말을 했다나 어쨌다나…….

---

　* 장마철

79

곡(哭) 문경 새재

그 옛날 전라도 하고도 진도 섬마을에 두 청춘 있었으니
어여쁜 주인댁 따님과 그 집에서 머슴살이하는 떠꺼머
리총각
이팔청춘도 지나 방년 이십 꽃다운 세월 맞은 두 사람
눈 맞고 배 맞아 사랑은 돌이킬 수 없는데
주인 처지 머슴 처지 벗어날 길 없어 밤 봇짐을 쌌더란다
사람들 눈길 피해 물길 산길 건너고 훑으며 숨어든 곳
경상도 하고도 첩첩산중 문경 땅, 새들도 울고 넘는다는
새재렷다
문경 새재는 웬 고개인고 굽이야 굽이굽이 눈물이로구나
그리하여 그들의 사랑은 진도아리랑 첫소리로 남고
청천 하늘엔 잔별도 많고 두 사람 가슴 속엔 수심도 많은 채
고개 타령 눈물 타령 다 삼켜가며 그 산골 기슭에 뿌리내려
아들도 낳고 딸도 낳으며 자자손손 살았더랬는데
세월이 억수로 지나 웬 건설업자가 나라의 대표가 되자
느닷없이 수만 년 잠든 반도 땅 골골샅샅 다 뒤집어놓을
모양이라

뜬금없이 배도 산으로 갈 일이 생겼구나

새들도 숨이 차 쉬어 넘는 산 고개에다가도 물길 낸다고
난리이니

사공이 많아 배가 산으로 가나 물길 아는 사공이 없어 그
러나

진도아리랑 끝자락 다시 짤 일 생겼구나

문경 새재는 웬 물길인고 굽이야 굽이굽이 눈물이로구나

예나 지금이나 그 고개는 눈물이로구나

아이고 아이고 문경 새재여 곡하며 울자 해도

어이없고 기가 막혀 이제 울음소리조차 나지 않는구나

---

* 진도아리랑의 사설 가운데 문경 새재는 원래 문전 세 재라는 설이 있다.
인생의 문 앞에 던져진 인생살이 세 고개(나고 살고 죽는)를 이른다는 것이
다. 실제로 진도의 옛 노인들은 대부분 '문전시재'로 불렀다.

새마을 회관에서

면 소재지에서도 이십 리가 더 떨진 마을 새마을 회관의 연단 위에 우리 사는 것 현지 조사인지 실태 파악인지 한다며 무슨 농촌문제연구손가 조사기관인가 하는 데서 내려온 반장인지 조장인지가 나섰다. 농촌 생활이라면 그 옛날 초등학교 여름방학 책 표지의 시원한 원두막에서 매미 울음소리 들으며 밀짚모자 덮고 낮잠 자는 것을 우선 떠올리는 서울 사람들. 그래도 직업 탓인지 그 양반 농촌을 주제로 소득이 어떻고 농민 의식이 어떻고 환경 오염이 어떻고 하며 입에 거품을 물지만 새마을 회관 30촉 백열등은 그저 깜박깜박 졸고 있다. 당신이 하는 소리는 이미 열 번도 더 들었소.

누가 소득 올리고 싶지 않을까?

누가 무지하게만 살고 싶을까?

누가 농약으로 오염되어 살고 싶을까?

경제 작물 특용 작물 지어보고 돼지다 소다 쳐봐도 이익은커녕 밑천도 건지기 전에 외국 것 날아들고 거창한 건 놔두고 세상 돌아가는 본새나 알고 싶어 텔레비전 라디오 돌려보면 온갖 전문 박사들 수도 없이 많이 나와 청산유수로 씨부렁거려도 서울 사람 아닌 우리에겐 볼만하고 들을 만한 건 하나도 없지. 현지 조사에 실태 파악까지 백날 해가지만 종이 쪼가리 몇 장에 통계 막대기 몇 개 그려 놓으면 임무 끝나고 월급 타는 서울 사는 농촌 문제 전문가들. 과학입국이니 선진국이니 하는 세상에 말만 뻔지르르하지 인체에 해 없는 농약 하나 못 만드는 서울 사는 박사님들. 농약 뒤집어쓰고 흙발바닥 털기도 전에 죽어가는 농민들 걱정보단 즈그덜 밥상에 농약 중독 쌀밥 오를까 걱정하며 배추는 차라리 벌레 먹은 게 안심되는 아, 그 똑똑한 서울 사람들은 모두 무슨 복을 타고났는지.

새마을 회관 30촉 백열등은 그저 깜박깜박 졸고 있다.

구비문학

모 방송국 프로그램 이름처럼, '지금은 라디오 시대'가 아니라, 지금은 SNS시대! 그런데 요걸 규제하겠단다. 그건 SNS에서 구비문학이 다시 성하고 있기 때문이렷다. 예전에도 '유비 통신'이니 '카더라 방송' 같은 구비문학이 대중을 붙잡긴 했지만 지금의 SNS만큼은 아니었지. 구비문학이 성하는 건 대중이 그만큼 꼼수에 질려 있다는 얘기렷다. 장터 같은 트위터, 사랑방 같은 페이스북, 거기선 못할 말이 없으렷다. 예부터 나랏님 욕도 없는 자리에서는 한다고 했는데, 욕먹기 싫다고? 하는 짓마다 욕먹을 짓이면서? 꼼수 부리다 마침내 '나는 꼼수다'는 SNS를 타고 구비문학의 강자로 자리매김 했것다. 그런데 그걸 잡겠다고? 그럼, 임금님 귀는 당나귀 귀, 라고 어디서 외치나! 아니 대통령 생긴 꼴은 ○에, 하는 짓은 ○○, 사는 곳은 ○○○, 라는 말은 어디서 들어보나? 근디, ○에 들어갈 말은? 에이, 다 암시롱!

제
4
부

배반

　그 옛날, 소비에트사회주의공화국연방의 총리 흐루시초
프가 중화인민공화국의 총리 주은래를 만났을 때의 일이
렷다. 주은래를 만난 흐루시초프, 한껏 우쭐해 하며 거들먹
댔디야. 주은래 당신은 말야 나하곤 애초에 출신 성분부터
다른 사람이오. 당신은 좋은 집안에서 태어나 공부도 많이
하고 외국 유학까지 다녀오지 않았소? 어쩌면 귀족처럼 자
란 사람이오. 하지만 난 광부의 자식으로 태어나 일찌감치
노동자 생활을 했소! 이에 주은래 가로되, 그건 당신 말이
맞소. 근데 당신과 나 사이에도 공통점이 하나 있긴 하오.
그건 바로 우리 둘 다 출신 계급을 배반했다는 것이오! 흐
루시초프가 무슨 말을 더 했을끄나? 그때 주은래는 진작부
터 인민의 벗이라 일컬어지고 있었디야. 그가 죽었을 때 보
니, 재산도 없고 자식도 없었디야. 땅덩이가 커 인구도 세
계에서 가장 많은 나라를 대표한 이가 그 흔한 '사람 새끼'
하나 없었다니!

전설

옛날 옛날에, 한반도 허리께에 삼팔선이라는 것이 생긴 뒤로 혼잣댁 할머니와 자식들은 남과 북으로 나뉘어 살았습니다. 혼잣댁은 늘 북쪽 하늘을 쳐다보았습니다. 자식들은 늘 남쪽 하늘을 쳐다보았습니다. 그러나 오십년 넘도록 서로 얼굴 한번 보지 못했습니다. 아침저녁으로 혼잣댁 집을 드나드는 바람은 그 사정을 알고 있었습니다. 바람의 친구인 참새들도 그 사정을 알고 있었습니다. 바람과 참새들은 좋은 일 하나 하기로 했습니다. 그래서 혼잣댁의 편지를 가지고 북으로 날아갔습니다. 자식들은 편지를 받자 벌린 입을 다물지 못했습니다. 자식들은 서둘러 바람과 참새들 편에 가족사진을 보냈습니다. 혼잣댁은 그 사진을 보다말고 자지러졌습니다. 자식들 머리가 이미 반백이었기 때문입니다. 이튿날 신문엔 이렇게 났습니다. ─북에 자식들을 두고 혼자 살던 구십 노파, 자식들을 그리다 혼자서 쓸쓸히 최후를 마쳤다. 그런데 어떻게 구했는지 노인이 다 된 자식들의 최근 가족사진을 가슴에 품고 있었다.─

얼마 뒤, 남의 대통령 김 씨와 북의 위원장 김 씨가 얼싸

안았습니다.* 두 사람은 같은 김씨라서 금세 친해졌나 봅니다. 그러나 혼잣댁 장례가 다 치러지도록 자식들은 나타나지 못했습니다. 마당의 헛간 앞엔 혼잣댁이 며칠 전 내다 놓은, 좁쌀이 가득 든 바가지가 놓여 있었습니다. 참새들은 좁쌀을 무척 좋아하지만 바가지 쪽에는 차마 눈길조차 줄 수 없었습니다. 바람은 장례 치르는 사흘 내내 눈물 콧물 다 흘리며 온 동네를 마구 쏘댔습니다. 그 바람에 집집마다 문풍지는 온몸을 부르르 떨었고, 창문은 들썩거리느라 잠을 못 이루었습니다. 모두들, 좋은 일 하려다 그만 초상이 나버렸다고 어이없어했습니다. 옛날 옛날엔, 늘 있던 일이랍니다.

---

* 2000년 6월 15일, '남북공동선언'에 남의 김대중 대통령과 북의 김정일 국방위원장이 서명했다. 단편동화 「바람과 참새들」 참고.

바보 연가

도를 도라 이르면 이미 도가 아니니라*
바보를 바보라 이르면 이미 바보가 아니니라
사진 속의 그가 웃는다
바보……

바보 노무현
부엉이 바위에서 부엉이처럼 날았다
부엉 부엉 부엉
세상 사람들 그 소리 듣고
바보 바보 바보

노래 부른 이 죽고서야 가요 순위 진입한
이천구 년 오월 마지막 주 최상위 곡
바보 연가

따라 부르는 세상 사람들, 운다

도~옥, 도~오, 마~안, 세~에

귀양자가 삼수갑산보다 많았다던 내 고향 진도
중심에서 멀리 떨어진 땅
참 만만했을 거야
내 나라 조정에서 만만히 여기니
왜구들도 만만히 여겼나 보다
걸핏하면 새카맣게
원숭이 떼처럼 바닷가로 몰려드는 왜구들
그때마다 진돗개들 바다를 보며 짖어댔지
태어나 섬 밖으론 한 발짝도 나가 살 일 없던 개들
그 개들이 섬을 지켰네
우국충정 때문에 귀양 온 자들은 언제든 섬 버리고
중심으로 다시 들어갈 궁리만 하는데
개들만 우국충정으로 울부짖었네
우~우, 구~욱, 추~웅, 저~엉
동해 먼바다 한가운데에 태어난 까닭에
진도보다 더 외로웠을 섬 독도
수만 년 외로움에 몸피가 너무 오그라들어

그 가슴엔 중심에서 밀려난 귀양자조차 보듬을 수 없었네
그런 섬의 발끝에 걸핏하면
잔망스러운 원숭이 떼들 몰려와
망나니 춤을 추고 비린 침을 흘리는구나
그 옛날 남해 바다 왜구가 동해 바다로 다시 살아왔나
방정맞은 원숭이 떼들 얄망궂은 짓거리
차마 더 두고 볼 수 없다
짖어주어야 한다 짖어주어야 한다
이제 한반도의 중심은 동해 바다 한가운데다
독도가 자리하고 있는 그곳
그곳이 우리의 중심일 수 있게 이젠
짖어주어야 한다 짖어주어야 한다
누구도 만만히 여길 수 없게
그 옛날 진돗개의 심정으로 짖어주어야 한다
도~옥, 도~오, 마~안, 세~에

수수께끼

비 또 온다. 사람들, 흘러간 옛 가요 '그때 그 사람' 풍으로 대통령 이 씨를 노래한다. 없는 자리에서 나라님 욕하는 건 예나 지금이나 인지상정.

비가 오면 생각나는 그 사람~ 언제나 말이 많던 그 사람~

역시나 말만 앞서는 대한민국의 대통령 이 씨. 100년 만의 폭우라며 비 탓만 하는 2011년 여름의 대통령 이 씨. '내 탓이오!'는 절대 모른다.

이 씨 : 서울에서 53년 살면서 이런 비는 처음!

나 : 대한민국에서 53년 살면서 이런 (　　)는(은) 처음!

여기서 수수께끼 하나! (　　)에 들어갈 말은 무엇일까요? 답을 아시는 분은 관제엽서에 적어 쥐와대(청와대?)로 보내면 추첨을 통해(물론 경찰관 입회 아래!) 쥐덫, 쥐약, 쥐잡이 끈끈이 테이프 가운데 하나를 보내드림. 답은 복수이며, 옆 사람의 답안을 보고 써도 무방함. 참고로 이 씨는 가끔 설치류를 대표하기도 하며, 나는 그 유명짜한 58개띠임. 말도 다 안 끝났는데 자꾸만 'ㅈㅅㄲ'라며 답의 초성을 들먹이는 이가 있으나, 어디까지나 답은 하나가 아니므로 'ㅈㅅㄲ'에

굳이 매달릴 필요는 없음. 지금은 복수 시대니까! 부산 영도에 모인 희망버스 검문을 어버이연합(어거지연합?) 어르신과 영도구 구의원께서도 하겠다고 나섰다니, 검문도 경찰만이 아니라 여러 주체가 복수로 하는 세상이 되었음. 에잇씨! 에이씨! 에~이~씨! 아~씨! 이씨! 쥐랄 같은 물난리라니! 하늘도 복수하네……

수상한 가족*

이건 영화 얘기가 아닙니다
이건 테레비 연속극 얘기가 아닙니다
이건 소설 얘기가 아닙니다
민국 시대인 2012년 청와대에 세 들어 사는
이 씨네 가족과 그 형제들 이야기입니다
청와대 이 옹, 셋집 청와대에서 나오면 내곡동에 살려고
했다지요
세 살다 자기 집에 살면 참 좋지요
그래서 이 옹은 아들 쓰레빠 리를
자금 운반책이나 바지 주인으로 적당히 내세우고
장롱 현찰 박치기 형은 자금책으로 설정해두고
한식 부인은 한식 대신 국고 꿀꺽하는 금고로 앉혀 놓고
자신이 부동산과 재테크 달인답게 진두지휘!
근데 또 다른 형 만사형통 영일 대군은 돈 때문에 체해서
시방 가막소에서 면벽 수도 중이라지만
사실 형제 가족들 들어와 앉을,
미리 좋은 자리 맡아두려고 그러는 거라지요.

오독

아침 신문 보다가
이명박과 난청을 위해 태어났다는,
모 보청기 광고 보고 깜짝 놀랐지
이런 광고, 괜찮을까 싶어서였지
근데, 자세히 보니
이명과 난청을 위해 태어났다네
그러면 그렇겠지!
근데, 나, 왜 이러지?
이명박과 난청이 맞는 것 같단 말이야, 자꾸만……

일명박바위

포항 구룡포 응암산 정상 '해발 158m' 안내 표지석 측면
박을 엎어놓은 꼴 닮아서 '일명박바위'라고 한다는 안내 글
누군가 받침 'ㄹ'을 지워 '이명박바위' 만들어 놓자
거기 사는 이들 처음엔 인근이 고향인 대통령 의식하며
그거 절묘하군, 암, 박바위는 이명박바위지, 했대
그랬는데 얼마 전 누군가 표지석 뽑아 아래로 던져버려
응암산 정상은 다시 박바위가 되었다 하네……

꽃의 이름으로

온종일 꽃샘바람, 분다. 이름하여 꽃샘잎샘하는 꽃샘추위! 꽃샘바람이 꽃바람으로 바뀌면 보드라운 봄바람 되지.

(그러고 보니 '꽃'하고 관련된 재미있는 말이 참 많네)

한 시절 전만 해도 '꽃띠' 아가씨가 늦은 겨울에 '꽃가마' 타고 시집간 뒤, 이른 봄에 '꽃마차' 타고 나들이 가기도 하고, 그 봄에 집에서 '꽃전'을 지져 먹거나, 간장독 메주에 '꽃소금'을 뿌리기도 했지.

남정네들은 재끼판(잡기판 즉, 노름판)에서 어쩌다 '꽃놀이패'를 쥐어서 돈 땄다고 좋아라하며 '꽃밭(술과 계집이 있는 장터거리)'에 나가 '꽃놀이'하다가 '꽃뱀'에게 물려 시름시름 앓다 결국은 '꽃상여'를 타기도 했으니…….

내 국민학교 때 동무였던 꽃님이! 지금도 꽃님이로 어여쁘게 살아갈까?

약속의 땅

사람들은 말합니다. 땅만 있으면 쌀도 먹고 배추도 먹고 자식도 키우고 짐승도 키울 수 있다고요. 그래서 사람들은 바다를 메웁니다. 바다를 메워 농장과 목장을 가꿀 꿈을 꿉니다. 바다는 사람들에게 아랫도리까지 다 내놓고 말았습니다. 사람들은 산을 부숴 퍼낸 흙을 바다의 아랫도리에 마구 퍼붓습니다. 개흙 냄새 대신 산 흙냄새가 더 좋았던 것일까요? 바다가 약속의 땅으로 바뀌길 바라는 것일까요? 상전벽해가 아니라 벽해가 상전이 되는 세상입니다. 약속의 땅이 벽해에 있는 세상입니다. 사람들은 말합니다. 땅만 있으면 집도 짓고 공장도 짓고 돈도 벌 수 있고 생활도 편해진다고요. 땅이 될 수 있는 바다는 이젠 약속의 땅이라는 것이지요.

101

'치기'를 고찰함

박치기: 이마로 무엇을 세게 받아치는 짓. 레슬링에선 사람의 머리를, 축구에선 공을 머리로 받아침.

등치기: 손을 상대방의 어깨너머로 넘겨잡고 메어치는 씨름 기술.

새치기: 순서를 어기고 남의 자리에 끼어드는 짓. 나들목으로 나가려고 길게 줄 서 있는 차들의 맨 앞자리로 얌체처럼 차를 끌고 가 슬쩍 새치기!

칼치기: 난폭운전자들이 자신의 운전 솜씨를 과시하며 무용담 하듯 떠벌릴 때 주로 등장하는데, 과속은 물론 방향을 지시하는 깜빡이도 없이 남의 차 앞에 재빨리 끼어드는 작태를 이름. 사실 그런 차가 끼어들 수 있는 건 다른 차 운전자의 양보와 급제동 덕분! 걸핏하면 사고로 이어짐.

콧등치기: 강원도 정선에서 특히 유명한 국수 이름. 국수의 면발 탄력이 좋아 국수를 빨아들여 먹으면 국수 끝이 콧등을 친다 해서 유래 되었다.

소매치기/뻑치기: 남의 물건을 교묘한 손놀림이나 몸놀림으로 훔치는 짓을 하는 사람.

벼락치기: 어떤 상황이 딱 닥쳤을 때 급히 서둘러 하는 일. 벼락치기 시험공부!

비석치기/팽이치기: 아해들 놀이의 한 가지.

벽치기: 몸이 달아오른 남진과 겨집이 벽을 바닥 삼아 급히 나누는 사랑의 몸짓. 스며들 공간이 오죽 없었으면…….

들치기: 날쌔게 물건을 훔쳐서 들어내 가는 좀도둑, 또는 그런 짓.

날치기: 갑자기 힘을 주어 잡아당기거나, 그런 동작으로 남의 물건을 빼앗거나 훔치는 짓. 대한민국 정부 수립 후 여당 국회의원들이 즐겨 쓰는 표결 방법.

이 가운데, 특히 날치기, 소매치기 등의 날쌘 좀도둑의 패거리는 '치기배'라 일컫는다. 국회에서 날치기 처리한 한미 자유무역협정(FTA) 비준안에 대통령 이 씨가 서명했다. 대한민국 국회의원들이 '치기배'가 되고 싶었나 보다.

Twitter 혹은 투위터(投謂攄)

인터넷은 인터납(人攄納)이어서
사람이 퍼지는 터라 뭐든 들이고 보내고 받아들이고 하는데
그걸 기반으로 장삼이사들 모두 재잘거리기 시작했으니
이름하여 Twitter라

투(投)는 주거나 보내거나 받아들이는 것이고
위(謂)는 이르거나 알리거나 설명하는 것이고
터(攄)는 생각이나 말을 늘어놓거나 펴는 것이렷다

중국은 Twitter를 막았지만
미박(微博)이라는 웨이보가 생겨
글자 그대로 작지만 넓게 퍼져
중국을 바꾸고 있다지

명박(明博)은 미박(微博)보다 훨씬 더 '크고 세'지만
밝지 못하고 어둠의 그늘이 짙지

그래서 그랬을까?

조롱을 받더라도 밤낮으로 국격 높이는 일에 열심인

명박이라는 이름 가진 이 씨

Twitter를 간섭하여 재잘거리지 못하게 하겠단다

하, 제발 그렇게 재잘거릴 일없이 하렷다

궤변, 개변? 개똥!

아이들에게 눈칫밥 주자는 투표를 시민들이 거부했다고

오머시기 서울 시장이라는 자 제 성질머리 못 이겨

시장 자리 내던지고 스스로 방 뺐것다 (집에 가면 제 방 또 있은께)

한 머시기 당 홍 머시기가 언어를 한껏 비틀어 '사실상' 승리라며 달래도 (궤변?)

오 머시기는 막무가내였다지 (별호가 오 고집이랴)

오 머시기, 자리 내던지기 전날 밤 (역사는 밤에 이루어지는 줄 알고) 홍 머시기 집에 갔는데

홍 머시기, 다시 볼 일 없다며 안 만나주고 (문전박대? 금세 다시 죽 맞아 죽고 못 살 거면서)

전화기도 꺼버렸단다 (홍 꼬라지 제대로 보여주는 척)

8월 막바지 더위 그러잖아도 짜증스러워

머리에선 김이 나고 곧 뚜껑까지 열리려 하는데

자리 내던지는 자리인데도 취임사 하듯 출사표 던지듯 몽니 포부 밝히는 오 머시기 (궤변?)

그동안 오 머시기한테 농락당했다며 (궤변?)

오 머시기는 오늘로 끝났다는 홍 머시기 (왕짜증에 더해 짱
까지 나네!)

둘 다 궤변의 달인? 아니, 개변의 달인!

개똥 같은······.

누가 돌을 던질 수 있으랴?

21세기 어느 날 보수기독목사들이
이른바 '빤스 당'을 만들기로 했디야
비정치적으로 들리는 빤스 당의 역사는
뜻밖에도 매우 깊다 하네
목사 앞에서 빤스를 내리면 내 성도고
못 내리면 아니라는 데서 비롯된 바
시작은 미미하나 나중은 창대해서
빤스 당이 집권하면 헌법부터 뜯어고쳐
아이 다섯 이상을 낳지 않으면 감방에 보낸디야
(빤스 당 집권하기 전에 늙어버려서 다행!)
보수기독목사를 줄여 보기 목사라 하는 모양인디
우리 고장에선 ㄱ을 ㅈ으로 곧잘 발음했지
기름은 지름으로 한길가는 한질가로
길다는 질다로 길러먹다는 질러먹다로
그럼 보기 목사는 보지 목사가 되는디
여성도한테 빤스 내리게 하고선 뭐하려고?
그래서 그랬을까?

강용칠인가 강용팔인가 하는 성희롱 전문 구케의원은
한나추행당의 김혐오 의원이
'누가 강용팔에게 돌을 던질 수 있으랴? 나는 못한다'면서
독재정권 때 제명당한 김 머시기 대통령까지 들먹이며
(강용팔이 뜬금없이 김 머시기 대통령 수준으로!)
제명은 안 된다는 변호를 비장하게 해
구케의원 신분으로 그냥 한 달간 집에서 쉬기만 하면 된
다 하네
빤스 당의 당원은 아마도 그런 사람들로 문전성시를 이
룰 거라는
고명하신 정치평론가들의 예측!
(어쩌면 한나추행당과 빤스 당이 결국 통합할지도……)

비 내리는 섣달그믐

삼백예순다섯 날 그 많던 날들
마지막 저물어가는 섣달그믐
바람도 오늘만은 고향 쪽으로 불고 있는
남녘 들 따라 길게 누운 길 따라
비는 내리고, 비는 내리고 있었다.
고을 입구마다 치렁치렁 나붙은
〈고향을 찾아주신 향우 여러분을 진심으로 환영합니다〉
〈내 고향 농산물을 애용하여 주십시오〉
〈국립 직업 훈련원생 모집〉
〈○○리 조○○ 씨 셋째 딸 ○○대 합격〉
〈○○리 김○○ 씨 장남 대령 진급〉
그 겹겹의 현수막 자락 위에도 비는 내리고,
거기 어울리지 않게 끼어든
〈신춘 부흥 사경회〉
그 검붉은 글씨에까지
비는 내리고, 비는 내리고 있었다.
할머니에게 쥐어드릴 만 원짜리 만지작거리며

귀향버스 집어탄 미순이 가슴 속에도

차창에 비껴가는 겨울 논바닥 짚더미 위에도

갈퀴 같은 손으로 세 식솔 거느리며

서른다섯 아슬아슬 살다

십 년 만에 설 쇠러 가는

덕만이 기름기 빠진 이마빡 위에도

비는 내리고, 비는 내리고 있었다.

젊어서 벗어난 고향

돌아가겠노라 벼르다 벼르다

하필 섣달 그믐날 저녁에 칠성판 짊어지고서야 돌아와

저승길 휘적휘적 더듬고 있는

정 영감 발끝에도 비는 내리고,

상여 맬 젊은이도 이젠 없는데, 이젠 없는데

혀 끌끌 차는 쉰 중반 늙은 이장

그의 오그라진 가슴팍 위에도

비는 내리고, 비는 내리고 있었다.

향우회

엊저녁에 우리는 모였다.

고향을 떠나 서울에선 처음으로 서로의 손을 잡아보았다.

그리움이야 한껏 육삼빌딩의 키보다 더 자랐지만 객지 생활에 어디 만나기가 쉬운 일이던가

덜덜덜 화물차 몰고 다니는 놈 입에선 반갑다고 욕부터 튀어나왔고

철공소 기름밥 먹는 녀석의 손톱 밑엔 검은 기름때가 들어 앉아 있어도 우리는 덥석덥석 손을 잡아 그간의 그리움을 확실하게 전했다.

많이 변했구나.

그래? 하긴 뭐 40년이 지났으니, 강산도 네 번 변했나?

서로의 얼굴에서 어릴 때의 모습은 웃을 때나 겨우 스쳐 갔다.

보리 개떡이나 고구마로 점심을 대신하던 시절, 김 영감네 홍시 따먹다 들켜 그 길로 보리쌀 한 말 짊어진 채 서울로 줄행랑친 녀석도 어느덧 김 영감 나이가 되어 있고, 겨우 중학생이던 흙가슴들이 서울 바닥 구르며 지금까지 살

아온 얘기는 차라리 소설보다 더 기막혔다.

저녁을 먹고 술을 마시고 저마다 십팔번 한 가락씩 뽑아 제끼는데 그동안 살아온 내력은 더 이상 물을 필요도 없이 목청 돈구어 부르는 노래 속에 다 들어 있었다. 2차를 가고 3차를 가고 모두 서울 사람 다 된 듯 영등포 뒷골목 구로동 앞골목 굽이굽이 잘도 누비는데 생각해보니 우리들 한놈 한놈 이곳이 낯선 곳이 아니었다. 서울 왔다 하면 차례차례 이 동네로 찾아들어 기술을 배운다 장사를 배운다 서울 사람 되기 위해 서울을 배운, 서울에서의 고향이었다. 그래봐야 먼저 온 순서대로 잠깐 있다 뜨고 잠깐 있다 뜬 곳이지만……. 그런데, 중학생 흙가슴들은 모두 중늙은이가 되었는데 어깨동무한 우리들 팔을 잡아끄는 목포집 안동집 아가씨들은 아직도 (아니 여전히) 스물 안팎 큰애기들뿐이었다.

해설

'구비문학'적 시쓰기와 시적 정의 20

고영직 문학평론가

연작시집『진도아리랑』(1991)의 시인 박상률의 시에는 무엇인가 소중한 것을 상실한 존재 특유의 그리움과 슬픔의 정서가 충만하다. 이와 같은 시인의 시적 특징은 "더 이상 사람이 살지 않는/우리들 유년의 나라"(「징검다리 3」)라는 득의의 표현에서 여실히 확인할 수 있듯이, 생애 최대의 풍경을 이루었던 '유년의 나라'인 고향 땅 진도(珍島)에 대한 무한한 애정에서 비롯한다고 확언할 수 있다. 잦은 중모리장단으로 부를 때 더 슬프게 들리는 진도아리랑 가락을 차용한 62편의 연작시로 구성한 첫 시집『진도아리랑』은 그렇듯 이른바 근대화, 도시화, 산업화 과정에서 철저히 파괴되어온 고향 땅과 고향 사람들에 대한 엘레지(elegy, 悲歌)였다고 간주해도 좋을 법하다. 첫 시집의「시인의 말」에서 시인이 "이제 다시 우리는 '고향의 삶'을 살아야 합니다"라고 말하는 데에서도 알 수 있으리라.

그렇다. 시인 박상률은 첫 시집 이후에도 여전히 '고향의 삶'을 살고

115

자 하는 시적 지향을 행간에서 착실히 보여주고 있다. 그리고 이러한 글쓰기의 특징은 비단 시쓰기에만 국한되는 것이 아니다. 시와 소설 그리고 동화와 희곡에 걸쳐 전방위적 글쓰기를 수행하는 그의 글쓰기 전반에서 작가 고유의 살아 있는 입말(口語)의 세계와 함께 기쁨의 (농촌)공동체를 회구하려는 글쓰기의 지향을 확인할 수 있는 데에서도 알 수 있다. 고향 진도에서의 경험을 소재로 한 동화『애국가를 부르는 진돗개』(2002), 판소리 아니리조 사설체 형식을 차용한 소설『개님전』(2012) 같은 작품 등에서 박상률의 그러한 글쓰기의 속성과 지향을 엿보는 것은 어렵지 않을 듯하다.

시인의 이러한 글쓰기는『진도아리랑』출간 이후『배고픈 웃음』(2002),『꽃동냥치』(2013) 같은 시집에서도 중요한 미적 형식과 내용을 이루고 있는바, 그것은 일종의 '구비(口碑)문학'적 양상을 드러내는 방식으로 나타났다. 다시 말해 박상률의 시에는 살아 있는 입말의 세계가 시의 형식과 시의 내용을 이루는 데 있어서 결정적으로 작용한다고 간주할 수 있는 것이다. 이번에 출간하는 시집『국가 공인 미남』또한 그런 시세계의 연속선상에 놓여 있다고 감히 말할 수 있으리라. 고향의 어머니를 생각하는 시「택배 상자 속의 어머니」는 그 좋은 예가 될 것이다.

서울 과낙구 실님이동……. 소리 나는 대로 꼬불꼬불 적힌 아들네 주소. 칠순 어머니 글씨다. 용케도 택배 상자는 꼬불꼬불 옆길로 새지 않고 남도 그 먼 데서 하루 만에 서울 아들집을 찾아왔다. 아이고 어무니! 그물처럼 단단히 노끈을 엮어 놓은 상자를 보자 내 입에서 나도 모르게 갑자기 터져 나온 곡소리. 나는 상자 위에 엎드렸다. 어무니 으쩌자고 이렇게 단단히 묶어 놨소. 차마 칼로 싹둑 자를 수 없어 노끈 매듭 하나하나를 손톱으로 까다시

피 해서 풀었다. 칠십 평생을 단 하루도 허투루 살지 않고 단단히 묶으며 살아낸 어머니. 마치 스스로 당신의 관을 미리 이토록 단단히 묶어 놓은 것만 같다. 나는 어머니 가지 마시라고 매듭을 하나도 남기지 않고 다 풀어버렸다. 상자 뚜껑을 열자 양파 한 자루, 감자 몇 알, 마늘 몇 쪽, 제사 떡 몇 덩이, 풋콩 몇 주먹이 들어 있다. 아니, 어머니의 목숨들이 들어 있다. 아, 그리고 두 홉짜리 소주병에 담긴 참기름 한 병! 입맛 없을 땐 고추장에 밥 비벼 참기름 몇 방울 쳐서라도 끼니 거르지 마라는 어머니의 마음.

　　아들은 어머니 무덤에 엎드려 끝내 울고 말았다.

―「택배 상자 속의 어머니」 전문

　　고향 땅 진도에서 어머니가 보낸 택배 상자는 "서울 과낙구 실님이동"(관악구 신림2동)에 사는 아들집에 당도한다. 상자를 받아든 순간 아들은 "곡소리"를 내며 통곡한다. "마치 스스로 당신의 관을 미리 이토록 단단히 묶어 놓은 것만 같"은 느낌을 강렬히 받았기 때문이다. 시인에게 어머니는 어떤 존재인가. 『진도아리랑』에 등장하는 어머니는 "우리 엄매 날 보며/세상에서 제일 부러운 사람이/나락판매 검사원인디"(「추곡수매」)라는 염원을 내내 읊조리던 어머니였다. 여기 등장하는 '나락판매 검사원'이란 실상 시인 김남주 시에 등장하는 '금판사'와 하등 다를 바 없는 표현이라고 보아야 옳다. 따라서 위 시의 행간에는 당신의 삶은 그렇지 못했더라도 자식들만은 잘 먹고 잘 살기를 바라는 우리 시대 민중들의 유구한 원망(願望)을 표현한 것이라고 간주할 수 있으리라. 그러나 옛날이야기의 결말이 항상 '잘 먹고 잘살았더라' 식으로 끝나지만, 실상 절대다수의 사람들이 잘 먹지도 못했고, 잘 살지도 못했다는 사실을 반증하는 것이 아니던가.

　이 점에서 박상률의 시는 유구하고도 면면한 민중들의 염원이 끊임없이 좌절되는 지금·여기의 사회·역사적 상황에 대한 풍자와 야유 혹은 해학과 익살의 미학으로 시적 정의(poetic justice)의 회복을 꾀하려는 '구비문학적' 요소를 내장했다고 볼 수 있다. 「형용사 혐오증」, 「Twitter 혹은 투위터(投謂攎)」 같은 계열의 시들이 정치 상황에 대한 풍자와 야유를 보여준다면, 「젖통 대회」, 「국가 공인 미남」 같은 시들의 경우 해학과 익살의 미학을 표현하고 있다. 말로 존재하고, 말로 전달되고, 말로 전승되는 구비문학의 일반적인 특징과는 박상률의 그것이 조금 다르다고 볼 수 있는 측면이 여기에 있다.

　그럼에도 불구하고 이번 시집 『국가 공인 미남』의 경우 풍자와 야유 같은 미학적 특징이 전경화된 점은 『진도아리랑』으로 대표되는 '유년의 나라'로부터 시인 스스로 의식적으로, 혹은 무의식적으로, 새로운 전환을 꾀하고자 한 방법론으로 볼 수도 있을 듯하다. 다시 말해 이번 시집은 『진도아리랑』의 강력한 자력(磁力)으로부터 벗어나 새로운 형식실험을 적극적으로 감행하고자 한 시적 기획으로 보인다. 그래서 이번 시집을 '전환기적 상상력'의 일종으로 읽어야 하지 않을까 싶다. 실제 이번 시집에는 미처 못다 부른 '진도아리랑'의 서정을 연상시키는 시세계와 더불어 지금의 사회·정치 상황에 대해 풍자와 야유의 미학으로 적극 표현하려는 미학적 실험이 공존하는 것으로 보인다. 시인의 이러한 실험은 결국 여전히 "오월을 섣달처럼 살고 있는"(「슬픔의 왕이 있는 시」) 듯한 우리 시대 민중들의 고단한 얼굴과 힘거운 삶의 표정들을 외면하지 않으려는 시적 태도에서 비롯하는 것은 어쩌면 당연하다. 다음 시들을 보자.

①

동대문시장에서

일당벌이 지게꾼으로 떠돌았다느니

서울역 앞 골목에서

밑 터진 치마 입고 쏘다녔다느니

우리 이젠 그런 얘긴 그만하자

널찍한 등짝으로 져 나른 나의 삶이나

통통한 아랫도리로 쓸어 온 너의 삶이나

어차피 눈물인 것은 마찬가지

(중략)

눈물로 새롭게 만난 우리

난 너의 것이고 넌 나의 것이니

우리 이제 서로 힘을 보태

우리, 사랑 노래나 힘껏 부르자

(하략)

—「서울을 버린 사랑」 부분

②

헤밍웨이는 이른바 하드보일드체 문장을 구사하며 형용사 따위의 수식
어를 아주 싫어했지요. 자신의 복잡한 감정을 화자나 등장 인물을 통해 드러
내고 싶지 않아서 형용사를 좋아하지 않았겠지요. 헤밍웨이는 파리 시절 문
학 사부였던 거트루드 스타인이 "장미는 장미이고 장미이다"라고 한 말에서

형용사 대신 점층적 반복 이미지를 익혀 자신의 소설에서 잘 써먹은 듯합니다. (중략)

라이방 박 일가는 헤밍웨이와는 달리 형용사를 매우 좋아하는 듯. 형용은 맨얼굴이 아니라 분을 덕지덕지 바른 얼굴인데 그 일가 모두 수식, 분식, 꾸밈, 과장으로 점철. 그들의 하드보일드체 얼굴, 아니 맨얼굴은 무엇?

　　　　　　　　　　　　　　　　　　　　　—「형용사 혐오증」 부분

①의 서정시 형식은 예의 『진도아리랑』의 주선율이었다고 말해도 좋을 법하다. 박상률 시(文學)의 출발은 저 1980년 광주항쟁에 연원을 두고 있으며, 이러한 시적 탯줄은 첫 시집 『진도아리랑』에서 상처받고 모욕받아온 남도(南道)의 고향 진도와 그곳 사람들의 숨결을 낱낱이 더듬으며 '민중'을 (재)발견하며 민중의 힘을 신뢰하려는 민중시의 형식으로 나타난 바 있었다. 예를 들어 "후처살이 반평생/밤실 아짐"(「밤실 아짐」)의 고단한 내력을 더듬고, 서울살이를 청산하고 낙향한 '준근이'(「준근이」)의 "굵은 팔뚝"에서 민중의 모습을 엿보는가 하면, '지게 작대기' 같은 사물에 가탁해 고향을 받치고 지키는 든든한 존재들을 껴안으려는 시인의 염원을 곧잘 표현하곤 했다.

그러나 시인의 소박한 소망은 자주 정의롭지 못한 지배권력에 의해 배반당하곤 했다. "나락판매 검사원"(「추곡수매」)과 "면직원"(「하천부지」)들이 소위 "시퍼런 국법"(「밀주」)을 수행한다는 명분 아래 농민들의 삶을 짓누르고, "뱃길 대신 새로 뚫린/찻길"(「연륙2」) 같은 산업화의 바람은 섬사람을 '뭍사람'으로 바꾸어 놓았기 때문이다. 뭍으로 간 사람들이라고 해서 과연 행복한 삶을 살고 있는가. 여성 애사(哀史) 계열에 속하는「누

이야」와 「혜진이」 같은 시들이 보여주듯이 고단하기 짝이 없다. 이른 새벽 서울역에서 화장한 "빠끔살이 소꿉친구 혜진이"(「혜진이」)를 만나는 장면에서 하나의 표현을 얻게 되는 것에서도 확인할 수 있다. 그리고 섬에 남아 있는 사람들이 "내 사는 곳 이곳도/풍년남도 풍년군 풍년면 풍년리 되었다네"(「풍년」)라고 야유하는 것도 결코 무리는 아니다.

이번 시집에도 위에 인용한 「서울을 버린 사랑」 같은 계열의 시들이 여럿 있다. 「아버지와 아들」, 「젓통 대회」, 「새마을회관에서」, 「비 내리는 섣달 그믐」, 「제사 뒷날」 등의 시들이 그런 경우에 해당한다. 물론 시의 소재만 갖고 이런 식의 분류를 하는 것은 온당한 처사가 아닐 수 있다. 문제는 저 『진도아리랑』의 세계와 유사한 계열의 시들의 경우 새로운 시적 현실을 발견하는 것이 적잖이 어렵다는 딜레마가 크다는 점이다. 이 점에서 「젓통 대회」 같은 시에 등장하는 해학과 익살의 미학을 십분 살리되, 우리나라 (농촌)공동체 붕괴에 대한 사회구조적 측면을 사유하고 언어화할 수 있는 '접점'을 찾으려는 시적 모색의 과정이 더 절실히 필요한 것이 아닐까 싶다.

이 과정은 말처럼 쉽지 않을 것이다. 그 과정의 어려움을 토로하는 동시에, 시인 스스로 시적 방법론의 전환을 적극적으로 사유하고자 한 단서를 「굿, GOOD」이라는 시에서 확인하게 된다. "진도에선 목사도 어머니 돌아가시면 굿하고, 정형외과 의사도 어머니 발목 삐면 굿한다. 굿이 곧 일상이었다. 그런 때가 있었다." 무당의 굿이 굿(Good)이었던 고향 땅 진도의 '리듬'은 더 이상 시대의 리듬이 아니다. 소위 '비교우위론'(「아버지와 아들」)을 내세우며 눈먼 질주를 하는 신자유주의적 경제체제는 ②의 시처럼 "수식, 분식, 꾸밈, 과정으로 점철"된 부정의한 국가권력의 비호를 받으며 전 사회적으로 로버트 D. 퍼트넘의 비유처럼 '나

홀로 볼링(Bowling alone)' 현상을 부채질하고 있기 때문이다. 풍자와 웃음의 미학이 필요한 것도 바로 이 때문이다. 어느 누군가가 "진보주의자들은 의분에는 강하지만, 풍자에는 약했다"(앨버트 O. 허시먼)고 한 말처럼, 공론영역의 공공성이 훼손되는 지금 · 여기의 상황을 응시하며 적절한 언어를 찾아야 하는 이유가 여기에 있다. 박상률 시인의 이러한 시적 모색은 지금 · 여기의 현실을 교정하고 개량하고자 하는 의도와 목적이 있기 때문이다. 다시 말해 현실 개조의 목적을 띠고 있는 것이다.

시인의 이러한 '리얼리스트적' 지향은 1990년 시단 데뷔 이후 꾸준한 문학적 행보였다고 말할 수 있는데, 이십 대 청년 시절에 겪은 저 1980년 광주라는 역사적 트라우마를 경험한 것과 무관할 수는 없으리라. 실제 시인은 2005년에 출간된 장시집『하늘산 땅골 이야기』야말로 "스무 해 넘는 세월 동안 가슴으로만 부르던 노래"(「시인의 말」)였다고 고백함으로써 저 1980년 광주항쟁에 대한 마음의 '빛'을 직접의 언어로 고백한 바 있다. 장시집『하늘산 땅골 이야기』가 데뷔작이 될 뻔했던 셈이다. 『하늘산 땅골 이야기』는 무유등등(無有等等)의 세상을 갈망하다 신군부의 살육에 의해 죽어간 어느 농부의 억울한 죽음을 기억하고 애도하려는 우의(寓意)적 장시 형식을 취한 시집이다. "이 땅의 모국어로 쓰는 나의 시는 나의 목숨 값이다"고 술회하는 시인의 강렬한 어조에서 이십 대 청년 시절의 결연한 시적 출사표를 확인하는 것은 어쩌면 당연하다. 이처럼 데뷔 이후 박상률의 시는 '공통적인 것'의 붕괴를 침통한 눈으로 응시하며, 비가(悲歌)의 형식으로 시적 정의를 회복하고자 한 의미를 갖는다.

문제는 우리는 우리가 무엇을 상상하든 간에 그 이상의 경지를 보여주는 '후진적' 사회체제에 살고 있다는 점이다. 시인의 고향인 저 진도

팽목항 앞바다에 침몰한 세월호 사건(2014.4.16.) 이후 우리 사회는 시인이 『배고픈 웃음』에서 연작시 형식으로 쓴 「슬픔의 왕이 있는 시대」와 다를 바 없는 시대를 살고 있다는 것이다. 그 어디에도 '기쁨의 공화국'으로 가는 길이 보이지 않는 듯하다. 따라서 이 시대의 풍자(satire)는 일종의 호전적인 아이러니(irony)라고 한 수사학적 맥락을 어떻게 시적으로 구현하며, 독자들과 더불어 '시의 힘'을 공유하며 수행적 가능성을 모색할 것인가에 대한 시적 실천이 요구되는 것이 아닐까 싶다.

여기서 말하는 시의 힘이란 어쩌면 익명의 프랑스 저자들이 결성한 '보이지 않는 위원회'가 말하는 혁명에 대한 선언과 친연성을 갖는 게 아닐까 싶다. "혁명의 움직임은 전염이 아닌 공명(共鳴) 현상에 의해 퍼져나가는 법이다. 이곳에서 형성된 무언가는 저곳에서 형성된 무언가의 충격파에 대한 공명이다"(보이지 않는 위원회, 『반란의 조짐』, 여름언덕 2007). 다시 말해 시인이 창조한 새로운 리듬과 진동이 독자들과 더불어 공명해야 하는 것이다.

그런 점에서 시인의 가장 큰 특장(特長)인 구비문학적 요소, 즉 '이야기'의 힘을 새로운 형식으로 표현하는 시들에 자주 눈길이 갔던 데에는 그럴 만한 이유가 있었던 셈이다. 일종의 인물시(人物詩)에 해당하는 시들에서 이야기의 힘을 자주 느끼곤 했다. 이문구, 김남주, 박영근, 고은, 송기숙을 비롯해 어느 무명씨 할머니의 일화에서 소재를 취한 인물시에는 어떤 하나의 경험(an experience)이라고 부를 수 있는 인생의 단면을 통해 사람의 도리를 생각하게 하는 이야기의 힘이 있다. 특히 소설가 송기숙·이문구 선생의 무용담을 시화한 「국가 공인 미남」은 익살과 웃음이 넘치고, 남북 분단으로 인해 끝내 북녘의 자녀들을 만나지 못하고 작고한 어느 할머니의 기구한 사연을 다룬 「늙은 엄마의 편지」

와「전설」을 읽으면서는 분단의 비극적 무게를 실감하게 된다. 아버지의 죽음 이후 아버지를 애도하고자 쓴 시들에서도 그런 실감을 느끼는 것 또한 당연하다.

　아버지의 죽음 이후 진도 씻김굿을 행하는 자리에서 무당이 내리는 공수는 어쩌면 시인 스스로에 대한 위로의 말이겠지만, 시인이 앞으로 써야 할 시(文學)의 행로에 대한 어떤 암시가 아닐까 하는 생각을 하게 된다. "아버지 넋까지 걱정하게 한 내 글쓰기 그럼에도 나는/오늘도 붓 방아질만 한 식경./두 식경./세 식경./제대로 쓰려면 아직/당당 멀었다"(「당당 멀었다」) 우루과이 작가 에두아르노 갈레아노(1940-2015)는 생전에 인간의 세포조직은 분자(分子)가 아니라 '이야기'로 구성되어 있다는 말을 자주 한 것으로 알려졌다. 『진도아리랑』의 시인 박상률의 삶과 문학 또한 '이야기'로 구성되어 있다는 점에 대해서는 누구도 부인하지 않을 것이다. 이번 시집 이후 어떤 이야기를 자신의 글쓰기에서 보여줄지는 시인 자신 외에는 알지 못한다. 아니, 시인 자신도 모를 수 있다. 그러나, 우리는 시인의 시쓰기뿐만 아니라 전방위적 글쓰기의 행로에서 독자들의 마음에 공명하는 작품들을 만날 수 있으리라는 즐거운 예감을 해도 좋으리라. 어느 걸인의 삶의 단면을 포착한「꽃동냥치」같은 이야기의 재미와 감동이 있는 시를 더 자주 만났으면 한다.

나는 늘
시 한 줄로 감동을 못 주기 때문에
소설과 동화를 여러 권째 쓰고 있다고 말한다.
그러면서도
소설과 동화에 안 맞는 이야기는 어찌해야 할지 늘 고민
했다.
여기 묶은 시편들은
소설과 동화로 쓰기엔 '쪼깐 거시기' 했던 이야기들이다.
음식은 그 음식에 맞는 그릇이 있다.
간장을 접시에 담지 않고
국이나 밥을 간장 종지에 욱여넣지 않는다.
그래서
이야기가 나를 찾아오면
그 이야기에 맞는 장르를 택해 이야기를 담아냈다.

그간 이야기 속에서 살았고

앞으로도 이야기 속에서 살 것이다

산다는 건 이야기를 만나는 것 아닐까?

2016 년 여름 무산서재(無山書齋)에서

박상률

실천시선 245

국가 공인 미납

2016년 7월 22일 1판 1쇄 펴냄
2016년 7월 29일 1판 1쇄 찍음

지은이   박상률
펴낸이   이영진
주간   김일영
편집   김현, 최지인
디자인   이지윤
관리   박혜영

펴낸곳   (주)실천문학
등록   10-1221호(1995.10.26)
주소   서울특별시 성북구 보문로 82-3 801호(보문동 4가, 통광빌딩)
전화   322-2161~5
팩스   322-2166
홈페이지   www.silcheon.com

ⓒ 박상률, 2016
ISBN 978-89-392-2245-8 03810

이 도서는 국립중앙도서관 출판시도서목록(CIP)은
e—CIP홈페이지(http://www.nl.go.kr/ecip)와
국가자료공동목록시스템(http://www.nl.go.kr/
kolisnet)에서 이용하실 수 있습니다.
(CIP제어번호:CIP2016018054)